Lou
Etcheverry

Conception graphique de la couverture : S A J E

Crédits photographiques :
Rabat gauche : (haut) © A.-C. Lévêque ; (bas) © I. Maroger
Éléments graphiques : "Boîte aux trésors" © Istock/Thinkstock

IMPRIM'VERT®

ISBN : 978-2-7011-9539-1
Loi 49-956 du 16 juillet 1949 sur les publications destinées à la jeunesse.

Imprimé en France par SEPEC à Péronnas
N° d'imprimeur : 01662150808 - Dépôt légal : septembre 2015
N° d'édition : 70119539-01

Anne-Claire Lévêque
Isabelle Maroger

L'académie de danse GALA

Lou veut danser !

Belin Jeunesse

La maman
de Lou
La maman
de Malika
Lou
Malika

Madame Petipas
Monsieur Bobin

Chapitre 1

La catastrophe

OUF ! La rentrée s'est bien passée.
Lou est fière d'être en CP.
Elle a même trouvé une copine rigolote : c'est Malika, qui a toujours plein d'idées pour s'amuser à la récré !
Mais aujourd'hui, la maîtresse veut parler à la maman de Lou. Pourquoi donc ?

– Lou travaille bien, mais elle est trop timide ! dit la maîtresse.

Lou devient **TOUTE ROUGE**.

– Oui ! Je suis d'accord. Nous allons lui chercher une activité, répond sa maman.

– C'est une très bonne idée ! dit la maîtresse.

Mais Lou n'a pas envie de dessiner…

… ni de se prendre des ballons sur le nez.

Elle ne sait pas nager…

... et ne veut pas qu'on l'entende chanter.

Et elle n'a qu'une semaine pour se décider !

CATASTROPHE !

Chapitre 2

Une invitation

– C'est sûr, tu viens avec nous ce soir ? demande Malika.

– Ouiiii ! répond Lou.

La maman de Malika est danseuse professionnelle. Elle part souvent en voyage, car elle danse dans le monde entier.

Mais ce soir, elle est à l'opéra de leur ville !

Et Malika a invité sa nouvelle amie.

QUELLE CHANCE !

– Tu vas voir, c'est trop beau le ballet de *La Belle au bois dormant* ! promet Malika.

– Je suis sûre que ça va être super ! dit Lou.
– Maman danse le rôle principal,
celui de la princesse Aurore ! ajoute Malika.

Chapitre 3

Le ballet

Le soir tant attendu est arrivé.
L'opéra est plein à craquer !
Heureusement, Lou et Malika sont assises au premier rang du balcon.
Enfin, le rideau se lève…
Sur la scène, les danseuses tournent comme des toupies sur leurs pointes.

– Ce sont des **PIROUETTES**, dit Malika à l'oreille de Lou.

Pendant tout le spectacle, Lou ne quitte pas des yeux la princesse Aurore, si gracieuse.
– On dirait qu'elle vole comme une plume ! **C'EST BEAU !** murmure Lou.

À l'entracte, Lou a l'impression d'avoir avalé une potion magique… Elle a chaud et sent un tourbillon dans son ventre.

– Je veux faire de la danse, moi aussi ! déclare-t-elle à son amie.

– **SUPER !** Viens avec moi à l'Académie Gala ! s'écrie Malika.

Chapitre 4

L'Académie Gala

YOUPI !

La maman de Lou a dit « oui » !
Aussitôt, elle a inscrit sa fille
à l'école de danse.
Lou saute de joie.

Le mercredi arrive enfin…
En poussant la porte
de l'Académie Gala,
Lou a le cœur qui bat.

OH LÀ LÀ ! QUEL BROUHAHA !

– Les nouveaux, par ici !
crie un monsieur très énervé.
Malika est déjà là, avec d'autres filles
et quelques garçons.

– Je suis monsieur Bobin, le régisseur de l'école. Ici, c'est moi qui organise tout. Si jamais vous avez un problème, vous venez me voir. Votre pro… pro… professeure est madame Petipas.

Tous les enfants éclatent de rire.
Monsieur Bobin fronce les sourcils
et dit d'une grosse voix :
– Suivez-moi et **DÉPÊCHEZ-VOUS** !

Dans le vestiaire, Lou met sa tenue de danseuse. Elle enfile des collants…

… un justaucorps,

… et une paire de chaussons demi-pointes.

HOP !

La voilà prête pour son premier cours.
Elle espère que leur professeure
n'est pas aussi sévère que monsieur Bobin !

Chapitre 5

Un défi pour Lou

Une porte s'ouvre.

– Bonjour ! dit madame Petipas d'une voix douce.

Lou et les autres élèves découvrent la vaste salle avec des barres face à un grand miroir.

– Chacun à votre tour, dites-moi votre prénom, puis montrez-moi un pas de danse ! demande madame Petipas.

Lou fait une drôle de tête.
Elle ne s'attendait pas à ça !
Madame Petipas ajoute :
– Faites ce que vous voulez.
C'est juste pour voir comment vous bougez.
– **CHOUETTE !** s'écrie Malika qui n'a jamais peur de se tromper.

Mais pour Lou,
c’est vraiment le **PIRE**
du **PIRE** !

Chapitre 6

Lou ose enfin !

Lou a le cœur qui bat de plus en plus vite.
Son tour va arriver.
Elle n'osera jamais bouger.
– **À TOI, *LOU* !** dit madame Petipas.
Lou ferme les yeux.

Dans sa tête, elle revoit la princesse Aurore
sur la scène de l'opéra.
Alors, comme la grande danseuse,
Lou lève les bras. Puis elle avance
sur la pointe des pieds.

Lou a oublié où elle était.
Elle sursaute quand elle entend :
– Lou, c'est bien, merci !
Madame Petipas a l'air contente.
– **BRAVO !** dit Malika à son amie.

À la sortie, la maman de Lou
est là avec un super goûter !
Lou fonce dans ses bras.
– C'était **GÉNIAL** ! s'écrie-t-elle.
Lou est très heureuse.
Elle a réussi son premier cours !
– Vivement la semaine prochaine alors !
répond sa maman en riant.

TUTU
PERDU

Mission : "J'ai tout compris"

1 Quiz

1 Pourquoi Lou doit-elle trouver une activité qui lui plairait ?

a. Parce qu'elle a trop d'énergie.
b. Parce qu'elle est trop timide.
c. Parce qu'elle est souvent triste.

2 Quel célèbre ballet Malika et Lou vont-elles voir ?

a. *La Belle au bois dormant.*
b. *Casse-Noisette.*
c. *Cendrillon.*

3 Pourquoi Monsieur Bobin fait-il rire les élèves ?

a. Parce qu'il aime faire des blagues.
b. Parce qu'il bégaie.
c. Parce qu'il porte des lunettes rigolotes.

4 À qui Lou pense-t-elle lorsqu'elle fait son premier pas de danse ?

a. À sa maman.
b. À Malika.
c. À la maman de Malika.

Solutions : 1. b ; 2. a ; 3. b ; 4. c.

2 Bizarre, bizarre !

Trouve l'intrus dans chaque liste de mots.

a. opéra balcon cinéma spectacle

b. collant justaucorps bottines pointes

c. dortoir barres salle miroir

3 Quel caractère !

A Relie chaque trait de caractère au personnage de l'histoire qui lui correspond.

1 

2 

3 

a. La peur b. La joie c. La douceur

B Relie chaque trait de caractère à son contraire !

1. Peureuse a. Triste
2. Joyeuse b. Énervée
3. Douce c. Courageuse

Solutions : 2. a. cinéma ; b. bottines ; c. dortoir. 3. A. 1b ; 2a ; 3c. B. 1c ; 2a ; 3b.

Fabrique des ballerines

et improvise
un spectacle de danse !

Il te faut :

- 18 serviettes en papier
- du coton en bande
- du fil blanc
- une aiguille
- une paire de ciseaux
- 2 fils élastiques de 1,80 mètre

1. Fais une boule avec le coton pour la tête.
2. Recouvre la tête avec 3 serviettes dépliées, en décalant à chaque fois les coins. Puis noue un fil sous la tête.
3. Passe un fil dans l'aiguille et fais un nœud au bout du fil. Pique l'aiguille au sommet de la tête pour former une boucle d'environ 5 cm.
4. Fabrique ainsi 5 autres marionnettes.
5. Glisse un fil élastique à travers les boucles de 3 ballerines. Fais de même avec les 3 autres. Noue les fils élastiques ensemble.

Tes ballerines sont prêtes à danser !